Y FERCH NEWYDD

NICOLA DAVIES

LLUNIAU GAN CATHY FISHER

Mae'r llyfr hwn yn eiddo i

_____

_____

_____

Mae'r llyfr hwn wedi'i gyflwyno i bob plentyn sy'n brwydro
i gael ei weld. Gyda chariad a diolch i Jackie Morris am
ei charedigrwydd, ei gofod a'i hamser.
Cathy Fisher a Nicola Davies

Y Ferch Newydd
Cyhoeddwyd yn 2020 gan Graffeg.
Hawlfraint © Graffeg Cyf., 2020

Hawlfraint y testun © Nicola Davies
Hawlfraint y lluniau © Cathy Fisher
Hawlfraint y dyluniad a'r cynhyrchu © Graffeg Cyf.
Addasiad Cymraeg: Anwen Pierce

Mae'r cyhoeddiad hwn a'i gynnwys wedi'u diogelu gan
hawlfaint © 2020.
Mae Nicola Davies a Cathy Fisher yn cael eu cydnabod
fel awduron y gwaith hwn yn unol ag adran 77 o Ddeddf
Hawlfraint, Dyluniadau a Phatentau 1988.

Mae cofnod catalog CIP ar gyfer y llyfr hwn ar gael gan y
Llyfrgell Brydeinig.

Cedwir pob hawl. Ni chaniateir atgynhyrchu unrhyw ran o'r
cyhoeddiad hwn na'i gadw mewn cyfundrefn adferadwy,
na'i drosglwyddo mewn unrhyw ddull na thrwy unrhyw
gyfrwng, electronig, mecanyddol, llungopïo, recordio nac
fel arall, heb ganiatâd ysgrifenedig ymlaen llaw gan y
cyhoeddwyr: Graffeg Cyf., 24 Canolfan Busnes Parc y
Strade, Heol Mwrwg, Llangennech, Llanelli, Sir Gaerfyrddin
SA14 8YP Cymru. www.graffeg.com

Cyhoeddwyd gyda chymorth ariannol Cyngor Llyfrau
Cymru. www.gwales.com

ISBN 9781913733841
1 2 3 4 5 6 7 8 9

Y FERCH NEWYDD

NICOLA DAVIES

LLUNIAU GAN CATHY FISHER

GRAFFEG

Doedd y ferch newydd ddim yn edrych fel ni.

Doedd hi ddim yn deall gair o'n sgwrs, hyd yn oed pan ddaru ni weiddi …

Roedd hi wedi'i lapio fel parsel.

Fuon ni'n meddwl beth oedd o dan yr holl ddillad.

Roedd ei bocs bwyd yn arogleuo'n rhyfedd,
felly ddaru ni ei gorfodi i eistedd yn bell oddi
wrthon ni wrth fwyta.

Ar ddiwedd pob prynhawn,
byddai hi'n cerdded o'r ysgol –
ar ei phen ei hunan.

14

Ddaru ni chwerthin ar ei phen bob dydd.

Roedd ein creulondeb fel gaeaf oer o'n cwmpas.

Ond yng nghanol yr amser tywyll hwnnw, daeth blodyn!

Fe flodeuodd ar ddesg yr athro.

Ddaru ni syllu arno mewn syndod.

Pwy fyddai wedi gallu creu peth mor dlws?

A deuai un arall, bob dydd.

Roedden nhw'n gwneud i ni wenu.

Roedden nhw'n gwneud i'r haul dywynnu yn ein dosbarth.

Pan stopiodd y blodau ddod, arhoson
ni am ddyddiau, ond ddaeth dim mwy.

Roedden ni mor drist.

Dywedodd yr athrawon y dylen
ni drio creu rhai ein hunain.

Cymerais i ddarn o bapur a cheisio'i blygu i greu blodyn.

Yn lle blodyn, roedd gen i lanast crychiog.

Gwasgais y belen bapur a'i thaflu ar y llawr.

Cododd y ferch newydd y belen o'r llawr.

Agorodd y crychau a gwneud y papur yn llyfn.

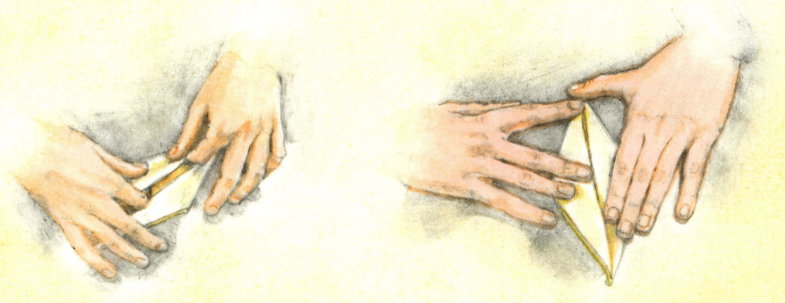

Yna, yn ofalus, â bysedd clyfar, fe greodd flodyn
a'i estyn ata i.

A'r diwrnod hwnnw, fe ddysgon ni i gyd sut i greu blodau o ddarn o bapur.

A dysgu eu henwau mewn iaith newydd sbon — *shobu, akaibara, suiren, tsubaki, akaichurippu,* gellysgen, rhosyn, lotws, camelia, tiwlip — a chreu gardd!

Wnes i ddim cerdded adre efo'r ferch newydd y prynhawn hwnnw. Cerddais adre efo fy ffrind Kiku …

Enw blodyn yw Kiku, ac fe wnaeth hi'n dosbarth flodeuo.

NICOLA DAVIES

Mae'r awdur Nicola Davies wedi ennill nifer o wobrau, ac ymhlith ei llyfrau i blant mae *The Promise* (Gwobr Llyfrau Green Earth 2015, Rhestr Fer Greenaway 2015), *Tiny* (Gwobr AAAS Subaru 2015), *A First Book of Nature*, a *Whale Boy* (Rhestr Fer Gwobr Blue Peter 2014). Ymhlith ei llyfrau ar gyfer Graffeg mae *Perfect* (Rhestr Hir Greenaway 2017), *The Pond*, *Animal Surprises* (Rhestr Hir Klaus Flugge 2017), a chyfresi Shadow & Light a Country Tales. Graddiodd mewn swoleg o Goleg yr Iesu, Caergrawnt, gan astudio gwyddau, morfilod ac ystlumod cyn dod yn gyflwynydd ar *The Really Wild Show* a gweithio yn Uned Hanes Natur y BBC. Bu'n ysgrifennu llyfrau i blant am dros ugain mlynedd, a sylfaen holl weithiau Nicola yw ei chred fod perthynas â natur yn hanfodol i bawb, a bod angen inni adnewyddu'r berthynas honno yn awr yn fwy nag erioed.

CATHY FISHER

Roedd gan Cathy Fisher wyth o frodyr a chwiorydd, a byddai'r plant i gyd yn chwarae yn y caeau'n edrych allan dros ddinas Caerfaddon. Mae wedi bod yn athrawes ac arlunydd drwy ei hoes, yn byw ac yn gweithio ar Ynysoedd y Seychelle ac Awstralia am flynyddoedd maith. Celf yw iaith frodorol Cathy. Pan oedd yn blentyn byddai'n tynnu lluniau ar waliau ei stafell wely, a byth ers hynny mae wedi teimlo bod rhaid iddi beintio a thynnu lluniau o storïau a theimladau am ei bod yn credu bod angen iddynt gael eu clywed. *Perfect* (Rhestr Hir CILIP Kate Greenaway 2017) oedd llyfr cyntaf Cathy i gael ei gyhoeddi, wedi ei ddilyn gan *The Pond* a chyfres Country Tales.

LLYFRAU PLANT GRAFFEG

Perfect
Nicola Davies
Lluniau gan Cathy Fisher

The Pond
Nicola Davies
Lluniau gan Cathy Fisher

Cyfres Country Tales
Nicola Davies
Lluniau gan Cathy Fisher
Flying Free
The Little Mistake
A Boy's Best Friend
The Mountain Lamb
Pretend Cows

The White Hare
Nicola Davies
Lluniau gan Anastasia Izlesou

Mother Cary's Butter Knife
Nicola Davies
Lluniau gan Anja Uhren

Elias Martin
Nicola Davies
Lluniau gan Fran Shum

The Selkie's Mate
Nicola Davies
Lluniau gan Claire Jenkins

Bee Boy and the Moonflowers
Nicola Davies
Lluniau gan Max Low

The Eel Question
Nicola Davies
Lluniau gan Beth Holland

**The Quiet Music of Gently
Falling Snow**
Jackie Morris

The Ice Bear
Jackie Morris

The Snow Leopard
Jackie Morris

Queen of the Sky
Jackie Morris

Through the Eyes of Me
Jon Roberts
Lluniau gan Hannah Rounding

Through the Eyes of Us
Jon Roberts
Lluniau gan Hannah Rounding

Animal Surprises
Nicola Davies
Lluniau gan Abbie Cameron

The Word Bird
Nicola Davies
Lluniau gan Abbie Cameron

Into the Blue
Nicola Davies
Lluniau gan Abbie Cameron

Cyfres Mouse & Mole
Joyce Dunbar
Lluniau gan James Mayhew
Mouse & Mole
Happy Days for Mouse & Mole
A Very Special Mouse & Mole
Mouse & Mole Have a Party
Mouse & Mole – A Fresh Start

**Koshka's Tales – Stories
from Russia**
James Mayhew

The Knight Who Took All Day
James Mayhew

Gaspard the Fox
Zeb Soanes
Lluniau gan James Mayhew

Gaspard – Best in Show
Zeb Soanes
Lluniau gan James Mayhew

A Cuddle and a Cwtch
Sarah KilBride
Lluniau gan James Munro

Geiriau Diflanedig
Robert Macfarlane
Lluniau gan Jackie Morris
Addasiad Cymraeg gan
Mererid Hopwood

Cyfres Fletcher
Julia Rawlinson
Lluniau gan Tiphanie Beeke
Fletcher and the Springtime Blossom
Fletcher and the Summer Show
Fletcher and the Falling Leaves
Fletcher and the Snowflake Christmas

Molly and the Stormy Sea
Malachy Doyle
Lluniau gan Andy Whitson

Molly and the Whale
Mulachy Doyle
Lluniau gan Andy Whitson

Molly and the Lighthouse
Malachy Doyle
Lluniau gan Andy Whitson

Ootch Cootch
Malachy Doyle
Lluniau gan Hannah Doyle

Only One of Me – Mum
Lisa Wells and Michelle Robinson
Lluniau gan Catalina Echeverri

Only One of Me – Dad
Lisa Wells and Michelle Robinson
Lluniau gan Tim Budgen

Monsters Not Allowed!
Tracey Hammett
Lluniau gan Jan McCafferty

Cyfres Celestine and the Hare
Karin Celestine
Paper Boat for Panda
Small Finds a Home
Honey for Tea
Finding your Place
A Small Song
Catching Dreams
Bertram Likes to Sew
Bert's Garden
Helping Hedgehog Home

Paradise Found
John Milton
Lluniau gan Helen Elliott

I Like to Put Food in My Welly
Jason Korsner
Lluniau gan Max Low

What Can You See?
Jason Korsner
Lluniau gan Hannah Rounding

Cyfres Ceri & Deri
Max Low
Good to be Sweet
No Time for Clocks
The Treasure Map
Build a Birdhouse
Young Whippersnapper
The Very Smelly Telly Show

Walking with Bamps
Roy Noble
Lluniau gan Karl Davies

The B Team
Roy Noble
Lluniau gan Karl Davies

Leap, Hare, Leap!
Dom Conlon
Lluniau gan Anastasia Izlesou